FERRET 1973

Jean Arbousset

LE LIVRE
DE

"Quinze Grammes"

CAPORAL

PARIS

GEORGES CRÈS ET Cⁱᵉ

116, BOULEVARD SAINT-GERMAIN

—

1917

LE LIVRE
DE
"QUINZE GRAMMES"
CAPORAL

Jean Arbousset

LE LIVRE DE

« Quinze Grammes »

CAPORAL

PARIS

GEORGES CRÈS ET Cie

116, BOULEVARD SAINT-GERMAIN

—

1917

PRÉFACE

A Sainte Scholastique.

Ce sont les Poilus de l'Argonne
qui viennent de me baptiser.
J'aime mon surnom, car il sonne.
Ce sont les Poilus de l'Argonne,
et je les veux récompenser
en les chantant, ô ma patronne.
Ce sont les Poilus de l'Argonne
qui viennent de me baptiser.

Vauquois, 1915.

EN MONTANT A VAUQUOIS

Au lieutenant Pézard.

Dans le ravin de la petite route, un mort,
puis deux, puis trois... Ils sont couchés sur des
[sacs vides,
le corps tordu, les doigts serrés, le teint livide.
Ils semblent, vaguement, vous regarder encor.

Ce regard vague est effrayant. Dans un effort,
il voudrait dire à ceux qui vont là-haut, avides
de savoir : « Allez-y. Rapidement se vide
l'amphore d'une vie ayant pour roi le sort.

Si le sort a voulu qu'en cet endroit tu tombes,
tu trouveras pour te couvrir, non pas la tombe
mais des bluets, des lys et des coquelicots

et l'oubli de chacun. Allez. Demain sans doute
vos frères pourront voir, bons regards sans écho,
un mort, puis deux, puis trois sur le bord d'une
[route. »

Vauquois, 1915.

UN MATIN EN ARGONNE

A Madame Nelly Martyl.

Une brume très nonchalante
renferme en sa molle corbeille
la vie encore inconsciente
de la terre qui se réveille.

La bonne alouette a chanté
dans le ciel pâle — rose et bleu —
où meurt un croissant argenté
tout blanc, tout mince, tout frileux.

$= 10 =$

Et les jeunes rayons se brisent
sur cette terre, recouverte
de brume, et telle une mer grise
où flotteraient des forêts vertes.

Vauquois, 1915.

SOUVENIR

Aux Sapeurs de la 5/1.

Ils l'ont pris au bord du chemin
dans un fossé, tombe entr'ouverte.
Son corps n'avait plus rien d'humain.

D'un geste banal de la main,
car un mort n'est pas une perte,
ils l'ont pris au bord du chemin,

sans un ave, sans un amen.
Mis sur la toile découverte,
son corps n'avait plus rien d'humain.

Un cinquième, son vieux copain,
portait sa tête, jaune et verte...
Ils l'ont pris au bord du chemin.

Vauquois, 1915.

UN SOIR A VAUQUOIS

Au Capitaine Montazeau.

Comme un falot douteux qui dans la nuit s'allume,
la lune s'est dressée au bout du parapet,
jaune, — et lugubre avec son visage coupé
qu'elle traîne à travers le ciel, sans amertume.

Elle éclaire le paysage chaotique
de la tranchée, abris, trous, bosses, sacs, vieux bois,
ferraille, faux terriers de lapins aux abois
dont on voit par instants l'ombre fantomatique.

De loin en loin, un arbre, innocente victime,
tend ses pauvres moignons noirs et déchiquetés
vers son vrai dieu, dieu de clémence et de bonté,
comme pour implorer la fin de tous ces crimes...

 14 ⇒

Tel un falot douteux au matin se consume,
la lune va mourir au bout du parapet,
jaune, — et lugubre avec son visage coupé
qu'elle traîne à travers le ciel, sans amertume.

Vauquois, 1915.

LA DANSE MACABRE

A Edouard Helsey.

Au milieu des plaines et sur les collines
en cravate bleue et rouge caracot,
 très peu Pierrot
 et très peu Colombine,
 la môme Coquelicot
 et son amant le Bluet
 — croupe ronde et corps fluet —
s'en vont danser de folles chaloupées
au rhythme sourd d'étranges mélopées.

 La plaine est un billard anglais
 aux trous nombreux et uniformes,
 tels de verres à vin énormes
 qu'un obus aurait ciselés.

Et des soldats écartelés
aux soirs de grande attaque, y dorment...
Combien de têtes ont roulé
dans tous ces trous, coupes énormes?

Au milieu des plaines et sur les collines,
en cravate bleue et rouge caracot,
        très peu Pierrot
        et très peu Colombine,
        la môme Coquelicot
        et son amant le Bluet,
    — croupe ronde et corps fluet, —
s'en vont danser de folles chaloupées
autour des trous et des têtes coupées.

Plaine de Vauquois, 1915.

BALLADE

DES

RAVITAILLEMENTS IMPRÉVUS.

A Jean Richepin.

Les poilus de Morval et ceux de Bouchavesnes
qui goûtent dans la Somme un repos mitigé
font pour se bien nourrir des excursions vaines
chez l'épicière aux grands yeux bleus de porcelaine,
chez la blonde bistrote aux coudes dégagés,
chez la marchande des rêves et des fumées.
De refus en refus, ils vont emplir leur quart
vide et leur musette aux flancs plats de jeune almée
à la fermière de l'unique ferme, car
une bonne fermière est rarement fermée.

Vous la connaissez tous, la fermière aux dents saines,
à la langue râpeuse, au teint d'enfant purgé ;
vous avez, une fois, respiré son haleine
évoquant les douceurs méditerranéennes,
l'aïoli de Marseille et le couscous d'Alger.
Vous l'avez entendue, écœurante et pâmée,
chanter, de l'aube au soir, sur le mode gueulard,
le cheveu convulsif et la joue allumée,
les romances d'un provincial Alcazar :
une bonne fermière est rarement fermée.

Elle louche ? Oh ! si peu, que ce n'est pas la peine
de médire. Ses seins vous paraissent plonger
dans un vieux corset veuf de toutes ses baleines ?
C'est pour mieux prendre les poses marmoréennes
des femmes qu'aux portails sculptait Pierre Puget.
Et puis, vous savez bien que vous l'avez charmée
et que tous, Jean et Paul, Bourru même et Gaspard,
près de la vache, un soir vous l'avez bien aimée...

≈ 19 ≈

(Elle vous bénissait, la vache, du regard...)
Une bonne fermière est rarement fermée.

Envoi

PRINCE du Campement et des Cagnas huppées,
prépare pour ton général un balthazar,
mais pour le vrai poilu de la Dixième Armée
frappe à la porte d'une ferme, à tout hasard :
une bonne fermière est rarement fermée.

Marlers, 1916.

CHANSON

Au Médecin-Chef du 290ᵉ R. I.

Ils étaient là sept blessés
    entassés
sans trop se faire de bile.

Ils étaient là sept blessés
    compressés
autour d'une automobile.

C'est du poste de secours,
    — au retour, —
que ladite auto s'élance

pour s'en aller trimballer
— à l'aller, —
ses clients à l'ambulance.

Mais ils ne sont, ces blessés,
pas assez
pour mériter assistance,

car l'auto ne se complaît
qu'au complet
à partir pour l'ambulance.

Les sept blessés ont crevé,
su' l' pavé,
comme des choux à la crème

 23

pour avoir trop attendu,
temps perdu,
pendant un mois, le huitième.

Vauquois, 1915.

FANTAISIE

A l'Aspirant Cam.

Goethe est venu me voir hier. Goethe était triste,
triste comme une nuit sans lune et sans amour.
Ce n'était pas du tout le Goethe de Strasbourg,
ce n'était pas du tout le Goethe spinoziste.

    Il m'a conduit par les boyaux,
par les tranchées,
par les petits chemins d'écoulement des eaux
et par les sentes bien cachées
aux yeux de Fritz,
de Fritz ami de l'ombre et qui rêve aux étoiles
dans la grisaille de sa toile.

    Il m'a conduit :
«... Doucement... doucement... par ici... »
et nous arrivâmes bientôt,

nouveau Faust, nouveau Méphisto
d'une autre nuit de Walpurgis,
nous arrivâmes aux logis
des héroïnes du poète.
     Et Goethe baissait la tête.

     Comme je vous aimais autrefois, Marguerite !
Vous chantiez la chanson du bon roi de Thulé
et vous tourniez votre rouet,
ni trop lentement, ni trop vite,
les sens troublés.
Vous chantiez la chanson du bon roi de Thulé,
mais vos pensées allaient toujours
vers le beau cavalier qui vous avait parlé
d'amour.
     Comme je vous aimais, Charlotte,
lorsque vous coupiez des tartines
à vos frérots,

à vos frérots si hauts qu'ils arrivaient aux bottes
du doux Werther,
comme je vous aimais, Charlotte, avec votre air
de sœur câline !

Et toi, Dorothée,
lorsque tu t'en allais
en chemisette souple (un peu décolletée,
ô Dorothée !)
lorsque tu t'en allais
à la fontaine où l'eau coulait,
claire comme un verset des sacrés évangiles,
comme j'adorais ton idylle.

Et toi, Mignon,
comme j'adorais ta chanson
que tu chantais, pieds nus
et par les routes
comme Jésus
à ceux qui doutent.

Oh ! dites-moi que j'ai rêvé
et que ce que j'ai vu n'est jamais arrivé.

Dis-moi, Gretchen, que tu ne tournes pas
des obus de deux cent-dix pour les Boches.
Dis-moi, Lotte, que sur tes pas
tes frères, prêts pour le repas,
ne te font jamais de reproches
et que tu ne leur donnes pas
des tartines de pain K. K...
Et toi, d'Hermann la fiancée,
que l'eau dans ta cruche puisée
n'est pas de l'eau javellisée.
Et toi, Mignon la Bohémienne,
que ta chanson n'est pas l'ancienne
« Deutschland über alles » prussienne...

Oh ! dites-moi que j'ai rêvé
et que ce que j'ai vu n'est jamais arrivé.

Alors j'irai vers vous à nouveau, quelque jour ;
votre visage aimé me paraîtra plus triste,
mais en vous je retrouverai tout mon amour
et je serai un peu de Goethe spinoziste.

Vauquois, 1915.

PERMISSION

La lune vient mirer le pâle de ses joues
sur les eaux, et scintille, et se brise et se pâme.

Tel un genou de vieux beau pour petite femme,
le rocher nu se prête aux lames qui se jouent.

La vague de mon rêve au rocher de mon cœur
s'est élancée et s'est brisée et frémissante
est retombée avec le doux bruit d'un andante
en une pluie amère et divine de pleurs.

Marseille, 1916.

LA CHANSON DU SAPEUR

Au Capitaine Laignier,
au chef aimé de la Cie 5/1 du Génie.

1

Pour faire un puits et une mine,
pour faire une mine et un puits,
nos gradés ont pris une mine
grave, grave, très grave, et puis,
pour faire un puits, et une mine,
le capitaine a ordonné,
les lieutenants ont répété,
les sergents ont tous regardé...

et le sapeur a travaillé.

Dans la mine,
dans la mine,
bon sapeur, chemine, chemine...

II

Pour continuer cette mine,
cette mine du fond du puits,
nos gradés ont pris une mine
encore bien plus grave, et puis,
pour continuer cette mine,
le capitaine a hésité,
les lieutenants ont calculé,
les sergents se sont dérangés...

Le sapeur a continué.

Dans la mine,
dans la mine,
bon sapeur, chemine, chemine...

III

Un jour, elle a sauté, la mine,
cette mine du fond du puits.
Nos gradés ont pris une mine

encore bien plus grave, et puis,
comme elle avait sauté, la mine,
le capitaine a toussoté,
les lieutenants ont fait un thé,
les sergents se sont écartés...

Le petit sapeur a sauté.

Dans la mine,
dans la mine,
bon sapeur, voici la vermine...

Vauquois, 1915.

LE RAVIN

A Mademoiselle Guintini.

Vous souvient-il des menuets
du temps jadis, Ninon la brune,
    des menuets
dansés aux heures où la lune
    diminuait
l'ombre des peupliers fluets,
aux roses de nuit opportune ?

    La terre est brune
    et dans le soir
    pâle, la lune
    fait peine à voir.

＝ 38 ＝

La lune éclaire,
au loin perdus,
des trous d'obus
emplis d'eau claire.

Au fond d'un trou,
une chaussure
bâille et murmure
avec dégoût.

De la chaussure,
frêle et troublant,
sort un os blanc
aux lignes pures.

... Il a dansé le menuet
au temps jadis, Ninon la brune,
le menuet

d'amour, aux heures où la lune
diminuait
l'ombre des peupliers fluets
aux roses de nuit opportune.

Maurepas, 1916.

LE CHEVAL TUÉ

A De Max.

Dans la boue et dans le sang,

sur la terre grise,

un vieux cheval agonise

et lance à chaque passant

l'appel désespéré d'un regard impuissant,

... dans la boue et dans le sang

sur la terre grise.

Il se raidit, mais aussi

par instants frissonne.

Comme des feuilles d'automne

au vol triste et imprécis,

il pleut des souvenirs sur son cœur endurci.

Il se raidit, mais aussi

par instants frissonne.

— C'est le pays, l'ancien temps

et c'est la lumière,

les rêves sur la litière

chaude, et le hennissement,

tout de joie et d'amour, des lointaines juments.

... C'est le pays, l'ancien temps

et c'est la lumière. —

Le pauvre cheval est mort

dans sa mare rouge.

Voici la nuit. Rien ne bouge.

＝ 43 ＝

Ainsi, quand fuit l'astre d'or,
plus d'un soldat appelle et puis rêve et s'endort,

comme le vieux cheval, mort
dans sa mare rouge.

Cimetière de Combles, 1916.

CONVALESCENCE

C'était le clair de lune avec son doux halo

sur les fils évoquant d'incohérents allos

sur les rails pâles, sur cette gare paisible

dont les wagons dormaient, rares, mais trop visibles,

ainsi que des cercueils inertes et très lourds.

L'eau pleurait à côté ses larmes de toujours,

mais ce soir-là c'était ma détresse infinie

qu'elle pleurait au clair d'une lune bénie.

(... Et je serais resté sur son épaule, là

sans bouger, sans rien dire et comme un enfant las

que berce sans cahots la caresse adorée

d'une vieille chanson à peine murmurée...)

Je revois tous les jours la gare. Tous les jours
je revois les wagons inertes et très lourds,
les grands cercueils inoubliables où s'achèvent,
dans une pourriture amère, tous mes rêves.

Dun-le-Roy, 1915.

LA NOEL AU RAVIN

A Madame Dussane.

La neige de Noël est un divin tapis
qui couvre innocemment de douceur toutes choses
et nous laisse rêver que la mort d'une rose
est le simple repos d'un cher être endormi.

Pour le regard amer que chacun de nous pose
sur le monde et la bête et le crime commis,
la neige de Noël est un divin tapis
qui couvre innocemment de douceur toutes choses.

Notre-Dame-du-Ravin, bonne vierge rose,
tout n'est que boue ici, boue et pluie, et tu n'oses

= 48 =

même pas murmurer un cantique parmi
ces cadavres épars et souillés, toi pour qui
la neige de Noël est un divin tapis.

Ravin de Cléry-s.-Somme, 1916.

QUELQUES MOTS

A ma mère.

Lorsque la mort viendra chez vous,
ouvrez toutes grandes vos portes,
ouvrez vos portes avec amour
et bénissez avec amour
ce qu'elle apporte
à celui qui n'est plus à vous :
ces pleurs de l'amitié,
ces fleurs de pitié
dans la chambre blanche effeuillées
en tapis de douceur où marchera son âme...

Lorsque la mort viendra, comme une bonne femme
tout simplement, tout bêtement, faucher un corps
chez vous,

aimez jusqu'au détail du funèbre décor,

et si vous êtes pauvre

vous aimerez encore

jusqu'à ce triste bruit des clous

dans le sapin, dans les planches jointes à peine,

parce qu'il a manqué des sous

pour un cercueil de chêne

aux vis silencieuses

comme des veilleuses.

Et si le mort était un frêle poitrinaire,

vous aimerez le lent calvaire

de sa chair arrachée pétale par pétale

aux ronces de sa route pâle.

Car tous ceux-là sont morts dans le lit de famille.

Leur mère, s'ils étaient enfants,

et, s'ils étaient âgés, leur fille

leur a serré les dents,

clos

les yeux

et joui des moments du soin minutieux,

presque dévot.

Mais d'autres meurent dans la boue,

sans bras, sans jambes et sans joues ;

on les enterre n'importe où,

souvent on ne met rien du tout

sur leur tombe.

On les enterre là où ils tombent.

Ceux qui ne les ont pas aperçus

marchent dessus.

Lorsque la mort viendra chez vous,

ouvrez toutes grandes vos portes

et bénissez cette joie forte

de pouvoir vous mettre à genoux.

Vauquois, 1915.

LES JOURNAUX DU FRONT

Chanson sur air connu.
A Jean Bastia.

Il n'y a qu'à Montélima-re
qu'on ne trouve plus de nougat ;
des pognes, Valence en a mare,
des trip's à Caen, y en a pas.
Les journaux du front, c'est comique,
suivent ce principe profond :
sur le front, d'Alsace en Belgique,
il n'y a plus d' journaux du front.

Un journal du front, c'est un titre,
un titr' glorieux, qui sonne bien,

mais souvent c'est fait par un pitre
qui perch' boul'vard des Italiens.
Quelquefois, farce sans pareille,
on l' vend à Nevers ou à Mâcon ;
mais c'est sûrement à Marseille
qu' paraît l' plus chouett' journal du front.
Et naturel'ment c'est l' cycliste
et l' secrétaire et l' dactylo
et l' tampon de l'orthopédiste
qui font c' canard dans les dépôts.
Tous ces embusqués rachitiques
ne s' gên'nt pas, sur leur rond-de-cuir,
pour fair' des vers patriotiques
entre un vermouth-gomme et un byrrh.

On connaissait, sans nul snobisme,
deux fronts surtout, l'ouest et l'est ;

grâce à ce nouveau journalisme
on cherche le front jusqu'à Brest.
Pour avoir une idée normale
sur ces reporters épatants
y a qu'à r'garder leur encéphale :
on voit qu'ils sont du front fuyant.

Champagne, 1916.

L'INSTITUTRICE D'HAMELET

A Mademoiselle Y. F.

Colportant ses b, a, ba,
elle trotte et trotte et trotte
sur le chemin où grelottent
quelques fantassins babas.

Sa jupe frôle leurs bottes,
leurs regards frôlent ses bas...
Colportant ses b, a, ba,
elle trotte et trotte et trotte.

Et, si près de nos combats,
cela jette dans la hotte
de nos souvenirs, la note
tendre, cette enfant qui va,
colportant ses b, a, ba.

Hamelet, 1916.

SONNET POUR JEAN COSTE, L'INSTITUTEUR

A Antonin Lavergne.

Quand les plaines du Nord auront enseveli
de milliers d'ennemis le sinistre holocauste
pour que se dresse une aube jeune au front pâli,
je te vois triste et seul à ta porte, Jean Coste.

Aujourd'hui le bambin tout confiant t'accoste
pour se faire aussitôt grave, si tu lui lis
un conté. Mais, après le terrible conflit,
en vain resteras-tu, toujours fidèle, au poste.

Tu verras défiler, bien alignés sur quatre,
des gosses de trois ans demandant à se battre

qui te regarderont d'un regard plein d'horreur
et, le dimanche, troqueront avec adresse,
devenant de guerriers de sots enfants de chœur,
le fusil « Eureka » pour le Livre de Messe.

LE TERRIBLE RÉPARE
LES ROUTES DE COMBLES

Air : le Biniou.
En hommage au 15e Territorial.

1

Dans la zone dangereuse,
nos terribletoriaux
répar'nt les routes boueuses
avec tout's sort's d' matériaux.
Ils emprunt'nt surtout des briques
aux maisons dev'nues publiques.
Mais, quand passe un' grosse auto
ell' renvers' tout leur boulot.

    Couvert de sa peau d' bique,
        au pas cadencé,
        sans trop se presser,
    le terrible align' ses briques.

L'auto chamboul' tout :
l' terribl' s'en fout.

II

C'est un vrai jeu de patience
les rout's s'transform'nt en damiers;
l' terrible, avec complaisance,
s'amuse à tout aligner.
Mais, avec un bruit d' ferraille,
v'là soudain qu'un Tank travaille,
cherrant dans les bégonias,
à bouleverser tout ça.

Couvert de sa peau d' bique,
au pas cadencé,
sans trop se presser,
le terribl' ralign' ses briques.
Le Tank chamboul' tout :
l' terribl' s'en fout.

— 63 —

]]]

Après l' Tank, c'est un' chignole,
puis après c'est un tracteur,

puis l' ravitail'ment de gnole,
puis l' coucou d'un aviateur
qui sur la rout' s' cass' la gueule.
En fin des fins, pas bégueule,
sur son nez l' terribl' reçoit
un cinq cent quatre-vingt-trois.

Couvert de sa peau d' bique,
    au pas cadencé
    sans trop se presser,
le terribl' ralign' ses briques.
    L' gros noir chamboul' tout :
    l' terribl' s'en fout.

Combles, 1916.

 65

DIALOGUE, AU SOIR

LE POÈTE.

O mes rêves, mes pauvres rêves,
pauvres petits soldats vaincus,
pauvres blessés sur le sol nu
où tous vos aînés, hélas, crèvent,
ô tous mes rêves trop connus,
traînez votre âme douloureuse
à travers la plaine neigeuse,
rouge d'un peu de votre sang !

O tous mes rêves angoissants,
esclaves d'un lâche pourquoi,

venez vous traîner jusqu'à moi !
Vous n'aurez pas, rhythme agaçant,
la pitié du terne passant,
mais tous vous aurez une tombe.

Ainsi, le vieux soleil descend
le ciel ensanglanté, et puis,
las et désespéré, retombe
dans le gouffre amer de la nuit.

LA VOLONTÉ.

Il est minuit.
Peut-on entrer
  pour balayer?

1916.

TABLE

TABLE

ACHEVÉ D'IMPRIMER

LE QUINZE OCTOBRE MIL NEUF CENT DIX-SEPT

PAR

GEORGES SUPOT, A ALENÇON

POUR

MM. G. CRÈS ET Cie

PRIX : **2** francs.

www.ingramcontent.com/pod-product-compliance
Ingram Content Group UK Ltd.
Pitfield, Milton Keynes, MK11 3LW, UK
UKHW010914160726
13695UKWH00007B/1180